劉向古列女傳卷之二

賢明傳

周宣姜后

周宣姜后者齊侯之女也賢而有德事非禮不言行
非禮不動宣王常早臥晏起后夫人不出房姜后脫
簪珥待罪於永巷使其傅母通言于王曰妾之不才
妾之淫心見矣至使君王失禮而晏朝以見君王樂
色而忘德也夫苟樂色必好奢窮欲亂之所興也原
亂之興淫婢子起敢請婢子之罪王曰寡人不德實
自有過非夫人之罪也遂復姜后而勤于政事早朝

晏退卒成中興之名君子謂姜后善于威儀而有德
行夫禮后夫人御于君以燭進至于君所滅燭適房
中脫朝服衣褻服然後進御于君雞鳴樂師擊鼓以
告旦后夫人鳴佩而去詩曰威儀抑抑德音秩秩又
曰隰桑有阿其葉有幽既見君子德音孔膠夫婦人
以色親以德固姜氏之德行可謂孔膠也

頌曰

嘉茲姜后　厭德孔賢　由禮動作　匡配周宣

引過推讓　宣王悟寤　夙夜崇道　為中興主

衛姬者衛侯之女齊桓公之夫人也桓公好淫樂衛
姬為之不聽鄭衛之音桓公用管仲甯戚行伯道諸
侯皆朝而衛獨不至桓公與管仲謀伐衛朝入閨衛
姬望見桓公脫簪珥解環珮下堂再拜曰願請衛之
罪桓公曰吾與衛無故姬何請邪對曰妾聞之人君
有三色顯然喜樂容貌淫樂者鐘鼓酒食之色寂然
清靜意氣沉抑者喪禍之色忿然充滿手足矜動者
攻伐之色今妾望君舉趾高色厲音揚意在衛也是
以請也桓公許諾明日臨朝管仲趨進曰君之蒞朝
也恭而氣下言則徐無伐國之志是釋衛也桓公曰
善乃立衛姬為夫人號管仲為仲父曰夫人治內管
仲治外寡人雖愚足以立于世矣君子謂衛姬信而
有行詩曰展如之人兮邦之媛也
頌曰
齊桓衛姬　忠款誠信　公好淫樂　姬為修身
望色請罪　桓公加焉　厥使治內　立為夫人

二卷　三

晉文齊姜

齊姜齊桓公之宗女晉文公之夫人也初文公父獻
公納驪姬譖殺太子申生文公號公子重耳與舅犯
奔狄適齊齊桓公以宗女妻之遇之甚善有馬二十
乘將死于齊曰人生安樂而已誰知其他子犯知文
公之安齊也欲行而患之與從者謀于桑下蠶妾在
焉妾告姜氏姜殺之而言于公子曰從者將以子行
聾者吾已除之矣公子必從不可以貳二無成命自
子去晉晉無寧歲天未亡晉有晉國者非子而誰子
其勉之上帝臨子貳必有咎公子曰吾不動必死於

此矣姜曰不可周詩曰莘莘征夫每懷靡及夙夜征行猶恐無及況欲懷安將何及矣人不求及其能及亂不長世公子必有晉公子不聽姜與舅犯謀醉載之以行酒醒公子以戈逐舅犯曰若事有濟則可無所濟吾食舅氏之肉豈有饜哉遂行過曹鄭楚而入秦秦穆公乃以兵內之于晉晉人殺懷公而立公子重耳是為文公迎齊姜以為夫人遂伯天下為諸侯盟主君子謂齊姜潔而不瀆能育君子于善詩曰彼姜孟姜可與寤言此之謂也

頌曰

齊姜公正　言行不怠　勸勉晉文　反國無疑
公子不聽　姜與犯謀　醉而載之　卒成伯基

秦穆公姬

穆姬者秦穆公之夫人晉獻公之女太子申生之同
母娣與惠公異母賢而有義獻公殺太子申生逐群
公子惠公號公子夷吾奔梁及獻公卒得因秦立始
即位穆姬使納羣公子曰公族者君之根本惠公不
用又背秦賂晉饑請粟于秦秦與之秦饑請粟于晉
晉不與秦遂興兵與晉戰獲晉君以歸秦穆公曰掃
除先人之廟寡人將以晉君見穆姬聞之乃與太子
罃公子弘與簡璧衰絰履薪以迎旦告穆公曰上天
降災使兩君罷以玉帛相見乃以興戎婢子娣姒不

能相教以厚君命晉君朝以入婢子夕以死惟君
圖之公懼乃舍諸靈臺大夫請以入公曰獲晉君以
功歸今以喪歸將焉用遂改館晉君饋以七牢而遣
之穆姬死穆姬之弟重耳入秦二送之晉是為晉文
公太子罃思母之恩而送其舅氏也作詩曰我送舅
氏曰至渭陽何以贈之路車乘黃君子曰慈母生孝
子詩云敬慎威儀維民之則穆姬之謂也

頌曰

秦穆夫人　晉惠之姊　秦執晉君　夫人流涕
痛不能救　乃將赴死　穆公羕之　遂釋其弟

要同二字　顧刻作今

乎　顧刻我

楚莊樊姬

樊姬者楚莊王之夫人也莊王即位好狩獵樊姬諫不止乃不食禽獸之肉王改過勤於政事王嘗聽朝罷晏姬下殿迎曰何罷晏也得無飢倦乎王曰與賢者俱不知飢倦也姬曰王之所謂賢者何也曰虞丘子也姬掩口而笑王曰姬之所笑何也曰虞丘子賢則賢矣未忠也王曰何謂也對曰妾執巾櫛十一年遣人之鄭衛求賢人進于王今賢于妾者二人同列者七人妾豈不欲擅王之愛寵乎妾聞堂上薰女所以觀人能也妾不能以私蔽公欲王多見知人能也

妾聞虞丘子相楚十餘年所薦非子弟則族昆弟未聞進賢退不肖是蔽君而塞賢路知賢不進是不忠不知其賢是不智也妾之所笑不亦可乎王悅明日王以姬言告虞丘子丘子避席不知所對于是避舍使人迎孫叔敖而進之王以為令尹治楚三季而莊王以霸楚史書曰莊王之霸樊姬之力也詩曰大夫夙夜無使君勞其君者謂女者也又曰溫恭朝夕執事有恪此之謂也

頌曰

樊姬謙讓　靡有嫉妒　薦進美人　與己同處

非刺虞丘　蔽賢之路　楚莊用焉　功業遂伯

周南之妻者周南大夫之妻也大夫受命平治水土
過時不來妻怨其僻於王事蓋與其隣人陳素靡與
大夫言國家多難惟勉強之無有譴怒遺父母憂昔
舜耕于歷山漁于雷澤陶于河濱非舜之事而舜為
之者為養父母也家貧親老不擇官而仕親操井臼
不擇妻而娶故父母在當與時小同無嫌大象不羅
患害而已夫鳳皇不羅于蔚羅麒麟不入于陷穽蛟
龍不及于枯澤鳥獸之智猶知避害而況於人乎生
于亂世不得道理而迫於暴虐不得行義然而仕者
為父母在故也乃作詩曰魴魚頳尾王室如毀雖則
如毀父母孔邇盖不得已也君子以是知周南之妻
而能匡夫也

頌曰

周大夫妻　夫出治土　維戒無息　勉為父母
凡事遠周　為親之在　作詩魴魚　以勑君子

二卷　十

女宗者宋鮑蘇之妻也養姑甚謹鮑蘇仕衛三年而
娶外妻女宗養姑愈敬因往來者請問其夫賂遺外
妻甚厚女宗姒謂曰可以去矣女宗曰何故姒曰夫
人既有所好子何留乎女宗曰婦人一醮不改夫死
不嫁執麻枲治絲繭織紝組紃以供衣服以事夫室
澈漠酒醴羞饋食以事舅姑以專一為貞以善從為
順豈以專夫室之愛為善哉若其以淫意為心而扼
夫室之好吾未知其善也夫禮天子十二諸侯九卿
大夫三士二今吾夫誠士也有二不亦宜乎且婦人

有七見去方無一去義七去之道姪正為首淫僻竄盜長舌驕侮無子惡病皆在其後吾姒不教吾以居室之禮而反歡使吾為見棄之行將安所用此遂不聽事姑愈謹宋公聞之表其閭號曰女宗君子謂女宗謙而知禮詩云令儀令色小心翼翼古訓是式威儀是力此之謂也

頌曰

宋鮑女宗　好禮知理　夫有外妻　不為變已
稱引婦道　不聽其姒　宋公賢之　表其閭里

晉趙衰妻者晉文公之女也號趙姬初文公為公子
時與趙衰奔狄狄人入其二女叔隗季隗于公子公
以叔隗妻趙衰而反國文公以其女趙姬妻趙
衰生原同屏括樓嬰趙姬請迎盾與其母而納之趙
衰辭而不敢姬曰不可夫得寵而忘舊棄義好新而
嫚故無恩與人勤于隘厄富貴而不顧無禮君棄此
三者何以使人雖妾亦無以侍執巾櫛詩不云乎采
對采菲無以下體德音莫違及爾同死與人同寒苦
雖有小過猶與之同死而不去況于安新忘舊乎又

二卷　十三

日諓爾新婚不我屑以蓋傷之也君其逆之無以新
廢舊趙衰許諾乃逆叔隗與盾來姬以盾為賢請立
為嫡子使三子下之以叔隗為內婦姬親下之及盾
為正卿思趙姬之讓恩請以姬之中子屏括為公族
大夫曰君姬氏之愛子也微君姬氏則臣狄人也何
以至此成公許之屏括遂以其族為公族大夫君子
謂趙姬恭而有讓詩曰溫溫恭人維德之基趙姬之
謂也

頌曰

趙衰姬氏　制行分明　身雖尊貴　不妬偏房

躬事叔隗　子盾為嗣　君子美之　厥行孔備

陶大夫荅子妻也荅子治陶三年名譽不興家富三
倍其妻數諫不用居五季從車百乘歸休宗人擊牛
而賀之其妻獨抱兒而泣姑怒曰何其不祥也婦曰
夫子能薄而官大是謂嬰害無功而家昌是謂積殃
昔芝令尹子文之治國也家貧國富君敬民戴故福
結于子孫名傳于後世今夫子不然貪富務大不顧
後害妾聞南山有玄豹霧雨七日而不下食者何也
欲以澤其毛而成文章也故藏而遠害犬彘不擇食
以肥其身坐而須死耳今夫子治陶家富國貧君不
敬民不戴亡之徵見矣願與少子俱脫姑怒遂棄
之處朞年荅子之家果以盜誅唯其母老以免婦乃
與少子歸養姑終卒天年君子謂荅子妻能以義易
利雖遠禮求去終以全身復禮可謂遠識矣詩曰百
爾而思不如我所之此之謂也

頌曰

荅子治陶　家富三倍　妻諫不聽　知其不叚
獨泣姑怒　送歸母家　荅子逢禍　復歸養姑

二卷

十五

魯大夫柳下惠之妻也柳下惠處魯三黜而不去憂
民救亂妻曰無乃瀆乎君子有二恥國無道而貴恥
也國有道而賤恥也今當亂世三黜而不去亦近恥
也柳下惠曰油油之民將陷于害吾能以乎且彼為
彼我為我彼雖裸裎安能污我油油然與之處仕于
下位柳下既死門人將誄之妻曰將誄大夫之德耶
則二三子不如妾知之也乃誄曰夫子之不伐乎夫
子之不竭乎誠而與人無害乎屈柔從容
不強察乎蒙恥救民德彌大乎雖遇三黜終不蔽乎

愷悌君子　永能厲兮　嗟呼惜哉　乃下世兮　庶幾遐年
今遂逝兮　嗚呼哀哉　魂神泄兮　夫子之諡　宜為惠兮
門人從之　以為誄　莫能竄一字　君子謂柳下惠妻能
光其夫矣　詩曰人知其一莫知其他此之謂也

頌曰

下惠之妻　賢明有文　柳下既死　門人必存
將誄下惠　妻為之辭　陳列其行　莫能易之

魯黔婁先生之妻也先生死曾子與門人往弔之

妻出戶曾子弔之上堂見先生之尸在牖下枕墼席

稾緼袍不表覆以布被手足不盡斂覆頭則足見覆

足則頭見曾子曰斜引其被則斂矣妻曰斜而有餘

不如正而不足也先生以不斜之故能至于此生時

不邪死而邪之非先生意也曾子不能應遂哭之曰

嗟乎先生之終也何以為謚其妻曰以康為謚曾子

曰先生在時食不充口衣不蓋形死則手足不斂旁

無酒肉生不得其美死不得其榮何樂于此而謚為

康乎其妻曰昔先生君嘗欲授之政以為國相辭而

不為是有餘貴也君嘗賜之粟三十鍾先生辭而不

受是有餘富也彼先生者甘天下之淡味安天下之

卑位不戚戚于貧賤不忻忻于富貴求仁而得仁求

義而得義其謚為康不亦宜乎曾子曰唯斯人也而

有斯婦君子謂黔婁妻為樂貧行道詩曰彼美淑姬

可與寤言此之謂也

頌曰

黔婁既死　妻獨主喪　曾子弔焉　布衣褐衾

安賤甘淡　不求豐美　尸不揜蔽　猶謚曰康

齊相御妻

齊相晏子僕御之妻也號曰命婦晏子將出命婦窺
其夫為相御擁大蓋策駟馬意氣洋洋甚自得也既
歸其妻曰宜矣子之卑且賤也夫曰何也妻曰晏子
長不滿三尺身相齊國名顯諸侯今者吾從門間觀
其志氣怕怕自下思念深矣今子身長八尺乃為之
僕御耳然子之意洋洋若自足者妾是以去也其夫
謝曰請自改何如妻曰是懷晏子之智而加以八尺
之長也夫躬仁義事明主其名必揚矣且吾聞晏榮
于羕而賤不虞驕以貴于是其夫乃深自責學道謙

楚狂接輿之妻也接輿躬畊以為食楚王使使者持
金百鎰車二駟往聘迎之曰王願請先生治淮南接
輿笑而不應使者遂不得與語而去妻從市來曰先
生以而為義豈將老而遺之哉門外車跡何其深也
接輿曰王不知吾不肖也欲使我治淮南遣使者持
金駟来聘其妻曰得無許之乎接輿曰夫富貴者人
之所欲也子何惡我許之矣妻曰義士非禮不動不
為貧而易操不為賤而改行妾事先生躬耕以為食
親績以為衣食飽衣暖據義而動其樂亦自足矣若

受人重禄乘人堅良食人肥鮮而將何以待之接輿
曰吾不許也妻曰君使不從非忠也從之又違非義
也不如去之夫負釜甑妻戴紝器變名易姓而遠徙
莫知所之君子謂接輿妻為樂道而遠害夫安貧賤
而不怠于道者唯至德者能之詩曰肅肅兔罝椓之
丁丁言不怠于道也

頌曰

接輿之妻　亦安貧賤　雖欲進仕　見時暴亂
楚聘接輿　妻請避館　戴紝易姓　終不遭難

楚老萊妻

楚老萊子之妻也萊子逃世耕於蒙山之陽葭墻蓬
室木休著席衣緼食菽墾山播種人或言之楚王曰
老萊賢士也王欲聘以璧帛恐不來楚王駕至老萊
之門老萊方織畚王曰寡人愚陋獨守宗廟頋先生
幸臨之老萊子曰僕山野之人不足守政王復曰守
國之孤頋變先生之志老萊子曰諾王去其妻戴畚
菜挟薪樵而來曰何車迹之衆也老萊子曰楚王欲
使吾守國之政妻曰許之乎曰何妻曰妾聞之可食
以酒肉者可随以鞭捶可授以官禄者可随以鈇鉞

今先生食人酒肉受人官祿為人所制也能免於患
乎妾不能為人所制投其畚萊而去老萊子曰子還
吾為子更慮遂行不顧至江南而止曰鳥獸之解毛
可績而衣之据其遺粒足以食也老萊子乃隨其妻
而居之民從而家者一季成落三年成聚君子謂老
萊妻果於逃善詩曰衡門之下可以棲遲泌之洋〻
可以療飢此之謂也

頌曰

老萊與妻　逃世山陽　蓬蒿為室　莞葭為蓋
楚王聘之　老萊將行　妻曰世亂　乃遂逃亡

楚於陵子終之妻也楚王聞於陵子終賢欲以為相

使人者持金百鎰往聘迎之於陵子終曰僕有箕帚

之妾請入與計之即入謂其妻曰楚王欲以我為相

遣使者持金來今日為相明日結駟連騎食方丈于

前可乎妻曰夫子織屨以為食非與物無治也左琴

右書樂亦在其中矣夫結駟連騎所安不過容膝食

方丈於前甘不過一肉今以容膝之安一肉之味而

懷楚國之憂其可樂乎亂世多害妾恐先生之不保

命也于是子終出謝使者而不許也遂相與逃而為

人灌園君子謂於陵妻為有德行詩云愔愔良人秩

秩德音此之謂也

頌曰

於陵處楚　王使聘焉　入與妻謀　懼世亂煩

進往遇害　不若身安　左琴右書　為人灌園

劉向古列女傳卷之二　終

二卷　二十四

鄧曼者武王之夫人也王使屈瑕為將伐羅屈瑕驕
莫敖與群帥悉楚師以行闘伯比謂其御曰莫敖必
敗舉趾高心不固矣見王曰必濟師王以告夫人鄧
曼曰大夫非衆之謂也其謂君撫小戎以信訓諸司
以德而威莫敖以刑也莫敖狃於蒲騷之役將自用
也必小羅君若不鎮撫其不諗備爭於是王使賴人
追之不及莫敖令于軍中曰諫者有刑及鄢師次亂
濟至羅羅與盧戎撃之大敗莫敖自經荒谷群帥囚
于治父以待刑王曰孤之罪也皆免之君子謂鄧曼
為知人詩云魯是莫聽大命以傾興之謂也王伐隨
且行告鄧曼曰余心蕩何也鄧曼曰王德薄而祿厚
施鮮而得多物盛必衰日中必移盈而蕩天之道也
先王知之矣故臨武事將發大命而蕩王心焉若師
徒毋虧王薨于行國之福也王遂行卒于樠木之下
君子謂鄧曼為知天道易曰日中則昃月盈則虧天
地盈虛與時消息此之謂也

頌曰

楚武鄧曼　見事所興　謂瑕軍敗　知王將薨
識彼天道　盛而必衰　終如其言　君子楊稱

許穆夫人

許穆夫人者衛懿公之女許穆公之夫人也初許求
之齊亦求之懿公將與許女因其傅母而言曰古者
諸侯之有女子也所以苞苴玩弄繫援于大國也言
今者許小而遠齊大而近若今之世強者為雄如使
邊境有冠戎之事維是四方之故赴告大國妾在不
猶愈乎今舍近而就遠離大而附小一旦有車馳之
難孰可與應社稷衛侯不聽而嫁之于許其後翟人
攻衛大破之而許不能救衛侯遂奔走涉河而南至
楚丘齊桓往而存之遂城楚丘以居衛侯於是悔不

用其言當敗之時許夫人馳驅而弔唁衛侯因疏之

而作詩云載馳載馳歸唁衛侯驅馬悠悠言至于曹

大夫跋涉我心則憂既不我嘉不能旋反視爾不臧

我思不遠君子善其慈惠而遠識也

頌曰

衛女未嫁　謀許與齊　女諷母曰　齊大可依

衛君不聽　後果遁逃　許不能救　女作載馳

曹大夫僖負羈之妻也晉公子重耳亡過曹恭公不
禮焉聞其駢脅近其舍伺其將浴設帷薄而觀之負
羈之妻言于夫曰吾觀晉公子其從者三人皆國相
也以此三人者皆善戮力以輔人必得晉國若得反
國必霸諸侯而討無禮曹必為首若曹有難子必不
免子胡不早自貳焉且吾聞之不知其子者視其父
不知其君者視其所使今其從者皆卿相之僕也則
其君必伯王之主也若加禮焉必能報施矣若有罪
焉必能討過子不早圖禍至不久矣負羈乃遺之壺

三卷 六

飧加璧其上公子受飧反璧及公子反國伐曹乃表
負羈之閭令兵士無敢入士民之扶老攜幼而赴其
閭者門外成市君子謂僖氏之妻能遠識詩云旣明
且哲以保其身此之謂也

頌曰

僖氏之妻　廉智孔白　見晉公子　知其興祚
使夫饋飧　且以自託　文伐曹國　卒獨見釋

孫叔敖母

孫叔敖母

楚令尹孫叔敖之母也叔敖為嬰兒之時出遊見兩
頭蛇殺而埋之歸見其母而泣焉母問其故對曰吾
聞見兩頭蛇者死今者出遊見之其母曰蛇今安在
對曰吾恐他人復見之殺而埋之矣其母曰汝不死
矣夫有陰德者陽報之德勝不祥仁除百禍天之處
高而聽甲書不云乎皇天無親惟德是輔爾嘿矣必
興于楚及叔敖長為令尹君子謂叔敖之母知道德
之次詩云母氏聖善此之說也

頌曰

叔敖之母　深知天道　叔敖見蚖　兩頭歧首
殺而埋之　泣恐不及　母曰陰德　不死必壽

三卷

八

晉大夫伯宗之妻也伯宗賢而好以直辭凌人每朝
其妻常戒之曰盜憎主人民愛其上有愛好人者必
有憎妒人者夫子好直言枉者惡之禍必及身矣伯
宗不聽朝而以喜色歸其妻曰子貌有喜色何也伯
宗曰吾言于朝諸大夫皆謂我知似陽子妻曰實穀
不華至言不飾今陽子華而不實言而無謀是以禍
及其身子何喜焉伯宗曰吾欲飲諸大夫酒而與之
謀爾試聽之其妻曰諾於是為大會與諸大夫飲既
飲而問妻曰何若對曰諸大夫莫子若也然而民之
不能戴其上久矣難必及子子之仕固不可易也且
國家多貳其危可立待也子何不預結賢大夫以託
州犁焉伯宗曰諾乃得畢羊而交之及欒不忌之難
鄰害伯宗譖而殺之畢羊乃送州犁于荊遂得免焉
君子謂伯宗之妻知天道詩云多將熇熇不可救藥
此之謂也

頌曰

伯宗凌人　妻知且亡　數諫伯宗　厚許畢羊
屬以州犁　以免咎殃　伯宗遇禍　州犁奔荊

衛靈夫人

衛靈公之夫人也靈公與夫人夜坐聞車聲轔轔至
闕而止過闕復有聲公問夫人曰知此謂誰夫人曰
此蘧伯玉也公曰何以知之夫人曰妾聞禮下公門
式路馬而以廣敬也夫忠臣與孝子不為昭昭變節
不為冥冥惰行蘧伯玉衛之賢大夫也仁而有智敬
以事上此其人必不以闇昧廢禮是以知之公使視
之果伯玉也公反之以戲夫人曰非也夫人酌觴再
拜賀公公曰子何以賀寡人夫人曰始妾獨以衛為
有蘧伯玉爾今衛復有與之齊者是君有二臣也國

多賢臣國之福也妾是以賀公驚曰善敎遂語夫
其實焉君子謂衛夫人明于知人道夫可欺而不可
闇者其明智乎詩云我聞其聲不見其人此之謂也

頌曰

衛靈夜坐　夫人興存　有車轔轔　中止關門
夫人知之　必伯玉焉　維知識賢　問之信然

齊靈仲子

齊靈仲子者宋侯之女齊靈公之夫人也初靈公娶
于魯聲姬生子光以為太子夫人仲子與其娣戎子
嬖于公仲子生子牙戎子請以牙為太子代光公許
之仲子曰不可夫廢常不祥聞諸侯之難失謀夫光
之立也列于諸侯矣今無故而廢之是專黜諸侯而
以難犯不祥也君心悔之在我而已仲子曰妾非讓
也誠禍之萌也以死爭之公終不聽遂逐太子光而
立牙為太子高厚為傅靈公疾高厚欲迎牙及公薨
崔杼立光而殺高厚以不用仲子之言禍至於此君
之謂也

子謂仲子明於事理詩云聽用我謀庶無大悔仲子
之謂也

〇三卷　十二

頌曰
齊靈仲子　仁智顯明　靈公立牙　廢姬子光
仲子強諫　棄嫡不祥　公既不聽　果有禍殃

魯臧孫母

臧孫母者魯大夫臧文仲之母也文仲將為魯使至
齊其母送之曰汝刻而無恩好盡人力窮人以為威
魯國不容子矣而使子之齊凡妒將作必於變動害
子者其于斯發事乎汝其戒之魯與齊通壁隣之
國也魯之寵臣多怨汝者又皆通于齊高子國子是
必使齊圍魯而拘汝因之難乎其免也汝必施恩布
惠而後出以求助焉于是文仲託于三家厚士大夫
而後之齊果拘之而興兵欲釁魯文仲陰使人遺
公書恐得其書乃謬其辭曰歛小器投諸台食獵犬

組羊裘之合甚思之臧我羊羊有母食我以同魚冠纓不足帶有餘公及大夫相與議之莫能知之人有言臧孫者世家子也君何不試召而問焉于是召而語之曰吾使臧子之冢今特書來云爾何也臧孫母泣下襟曰吾子拘有木治矣公曰何以知之對曰歃小器投諸台者言取郭外萌內之於城中也食獵犬組羊裘者言趣饗戰鬥之士而繕甲兵也琴之合甚思之者言思妻也臧我羊羊有母是善告妻善養母也食我以同魚同者其文錯錯者所以治鋸鋸者所以治木也是有木治保于獄矣冠纓不足帶有

晉羊叔姬

叔姬者羊舌子之妻也叔向叔魚之母也一姓楊氏叔向名肸叔魚名鮒羊舌子好正不容于晉去而之三室之邑三室之邑人相與攘羊而遺之羊舌子不受叔姬曰夫子居晉不容去之三室之邑又不容于三室之邑是于夫子也不如受之羊舌子受之曰為胙與鮒亨之叔姬曰不可南方有鳥名曰乾吉食其子不擇肉今胙與鮒童子也隨大夫而化者不可食以不義之肉不若埋之以明不與于是乃盛以甕埋壚陰後二年攘羊之事發都吏至案

顧刻無此字

碩本揚

伯碩下碩本不重伯碩二字

舌子曰吾受之不敢食也羹而視之則其骨存焉鄉吏曰君子我羊舌子不與攘羊之事矣君子謂叔姬為能防害遠疑詩曰無曰不顯莫予云覯此之謂也叔向歆娶于申公巫臣氏夏姬之女美而有色叔姬不歆娶其族叔向曰吾母之族貴而無庶吾懲舅氏矣叔姬曰子靈之妻殺三夫一君一子而亡一國兩卿矣爾不懲而反懲吾族何也且吾聞之有奇福者必有奇禍而有甚美者必有甚惡今是鄭穆少妃姚子之子貉之妹也子貉早死無後而天鐘美于是將必以是大有敗也昔有仍氏生女鬒黑而甚美

光可監人名曰玄妻樂正夔娶之生伯封寔有豕心念戾毋期貪婪無饜謂之封豕有窮后羿滅之夔是用不祀且三代之亡恭太子之廢皆是物也汝何以為我夫有美物足以移人苟非德義則必有禍也叔向懼而不敢娶平公強使娶之生楊食我號曰伯碩生時侍者謂之叔姬曰長姒產男叔姬往視之及堂聞其號也而還曰豺狼之聲也狼子野心今將滅羊舌氏者必是子也遂不肯見及長與祁勝為亂晉人殺食我羊舌氏由是遂滅君子謂叔姬為能推類詩云如彼泉流無淪胥以敗此之謂也叔姬之始

晉范氏母

晉范氏母者范獻子之妻也其三子遊于趙氏趙簡
子乘馬園中園中多株問三子曰奈何長者曰明君
不問不為亂君不問而為中者曰愛馬見則無愛民
力愛民力則無愛馬是少者曰可以三德使民設令
伐株于山將有馬為也已而閒圖示之株夫山遠而
悅矣既畢而賤賣民三悅矣簡子從之民果三悅少
子伐其謀歸以告母母喟然嘆曰終滅范氏者必是
子也夫伐功施勞鮮能布仁乘偽行詐莫能久長其

魯公乘如

三卷　十九

魯公乘如者魯公乘子皮之如也其族人死如之哭之
甚悲子皮止如曰安之吾令嫁娣矣已過時子皮不
復言也魯君歌以子皮為相子皮問如曰魯君歌以
我為相為之乎如曰勿為也子皮曰何也如曰夫臨
喪而言嫁一何不習禮也後過時而不言一何不達
人事也子內不習禮而外不達人事子不可以為相
子皮曰如歌嫁何不早言如曰婦人之事唱而後和
吾豈以歌嫁之故數子乎子誠不習於禮不達於人
事以此相一國據大政何以理之譬猶撐目而別黑

白也揜目而別黑白猶無患也不達人事而相國非
有天咎必有人禍子其勿為也子皮不聽卒受害相
居未期年果謀而死君子謂公乘如緣事而知弟之
遇禍也可謂智矣待禮然後動不苟觸情過謂貞矣
詩云籥兮籥兮風其吹汝叔兮伯兮唱予和汝又曰
百爾所思不如我所之此之謂也

頌曰

子皮之姊　明事分禮　子皮相魯　知其禍起
姊諫子皮　殆不如止　子皮不聽　卒為宗耻

卷三　二十

漆室女者魯漆室邑之女也過時未適人當穆公時

君老大子幼女倚柱而嘯旁人聞之莫不為之慘者

其隣人婦淫之遊謂曰何嘯之悲也子歓嫁耶吾為

子求偶漆室女曰嗟乎始吾以子為有知今無識也

吾豈為不嫁不樂而悲哉吾憂魯君老大子幼隣婦

笑曰此乃魯大夫之憂婦人何與焉漆室女曰不然

非子所知也昔晉客舍吾家繫馬園中馬佚馳走踐

吾葵使我終歲不食葵鄰人女奔隨人亡其家倩吾

兄行追之逢霖水出溺流而死令吾終身無兄吾聞

卷三　二十一

河潤九里漸洳三百步今魯君老悖太子少愚愚偽

日起夫魯國有患者君臣父子皆被其辱禍及衆庶

婦人獨安所避乎吾甚憂之子乃曰婦人無與者何

弐鄰婦謝曰子之所慮非妾所及三年魯果亂齊楚

攻之魯連有寇男子戰鬭婦人轉輸不得休息君子

曰遠矣漆室女之思也詩云知我者謂我心憂不知

我者謂我何求此之謂也

頌曰

漆室之女　計慮甚妙　維魯且亂　倚柱而嘯

君老嗣幼　愚悖姦生　魯果擾亂　齊伐其咸

曲沃負者魏大夫如耳母也秦立魏公子政為魏太
子魏哀王使使者為太子納妃而美王將自納焉曲
沃負謂其子如耳曰王亂于無別汝胡不達之方令
戰國強者為雄衆者顯焉今魏不能強王又無衆何
以持國乎王中人也不知其為禍耳汝不言則魏必
有禍矣有禍必及吾家汝言以盡忠忠以除禍不可
失也如耳未遇門會使于齊負因款王門而上書曰
曲沃之老婦也心有所懷願以聞於王王召入負曰
妾聞男女之別國之大節也婦人脆于志窳于心不

可以邪關也是故必十五而笄二十而嫁早成其號
諡所以就之也聘則為妻奔則為妾所以開善遏淫
也節成然後許嫁親迎然後隨從貞女之義也今大
王為太子求妃而自納之于後宮此毀貞女之行而
亂男子之別也自古聖王必正妃匹妃匹正則興不
正則亂夏之興也以塗山亡也以末喜殷之興也以
有娀亡也以妲己周之興也以太姒亡也以褒姒周
之康王夫人晏出朝關雎起興思得淑女以配君子
夫雎鳩之鳥猶未嘗見乘居而匹處也夫男女之盛
合之以禮則父子生焉君臣成焉故為萬物始君臣

父子夫婦三者天下之大綱紀也三者治則治亂則
亂今大王亂人道之始棄綱紀之大大國五六南有
強楚西有橫秦而魏國居其間可謂僅存矣王不憂
此而從亂無別父子同女妾恐大王之國政危矣王
曰然寡人不知也遂與太子妃而賞負三十鍾如耳
還而爵之哀王勤行自修勞來國家而齊楚強秦不
敢加兵焉君子謂魏負知禮詩云敬之敬之天維顯
思此之謂也

頌曰

魏負聰達　非刺哀王　王子納妃　禮別不明

趙將括母

趙將馬服君趙奢之妻趙括之母也秦攻趙孝成王使括代廉頗為將將行括母上書言于王曰括不可使將王曰何也曰始妾事其父父時為將身所奉飯者以十數而友者以百數大王及宗室所賜幣帛者盡以與軍吏士大夫受命之日不問家事今括一旦為將東向而朝軍吏無敢仰視之者王所賜金帛歸盡藏之乃日視便利田宅可買者買之父子不同執心各異願勿遣王曰母置之吾計已決矣括母曰王終遣之即有不稱妾得無隨乎王曰不

爾用括也括既行代廉頗三十餘日趙兵果敗括死軍覆王以括母先言故卒不加誅君子謂括母為仁智詩曰老夫灌灌小子蹻蹻匪我言耄此之謂也

頌曰

孝成用括
代頗拒秦
括母獻書
知其覆軍
顧止不得
請罪止身
括死長平
妻子得存

劉向古列女傳卷之三終

貞順傳

召南申女

召南申女者申人之女也既許嫁于酆夫家禮不備
而欲迎之女與其人言以為夫婦者人倫之始也不
可不正傳曰正其本則萬物理失之毫釐差之千里
是以本立而道生源潔而流清故嫁娶聘者所以傳重
承業繼續先祖為宗廟主也夫家輕禮違制不可以
行遂不肯往夫家訟之于理致之于獄女終以一物
不具一禮不備守節持義必死不往而作詩曰雖速

四卷

一

我獄室家不足言夫家之禮不備足也君子以為得
婦道之儀故舉而揚之傳而法之以絕無禮之求防
淫慾之行焉又曰雖速我訟亦不女從此之謂也

頌曰

召南申女　貞一修容　夫禮不備　終不肯從

要以必死　遂至獄訟　作詩明意　後世稱誦

宋恭伯姬

伯姬者魯宣公之女成公之妹也其母曰繆姜嫁伯
姬于宋恭公恭公不親迎伯姬迫于父母之命而行
既入宋三月廟見當行夫婦之道伯姬以恭公不親
迎故不肯聽命宋人告魯魯使大夫季文子如宋致
命于伯姬還復命公享之繆姜出于房再拜曰大夫
勤勞于遠道厚送小子不忘先君以及後嗣使下而
有知先君猶有望也敢再拜大夫之辱伯姬既嫁于
恭公十年恭公卒伯姬寡至景公時伯姬嘗遇夜失
火左右曰夫人少避火伯姬曰婦人之義保傅不俱
夜不下堂待保傅來也保母至矣傅母未至也左右
又曰夫人少避火伯姬曰婦人之義傅母不至夜不
可下堂越義而生不如守義而死遂逮于火而死春
秋詳錄其事為賢伯姬以為婦人以貞為行者也伯
姬之婦道盡矣當此之時諸侯聞之莫不悼痛以為
死者不可以生財物猶可復故相與聚會于澶淵償
宋之所喪春秋善之君子曰禮婦人不得傅母夜不
下堂行必以燭伯姬之謂也詩云淑慎爾止不愆于
儀伯姬可謂不失儀矣

頌曰

伯姬心專　守禮一意　宮夜失火　保傳不僃
遠火而死　厭心靡悔　春秋賢之　詳錄其事

衞宣夫人

夫人者齊侯之女也嫁于衞至城門而衞君死保母
曰可以還矣女不聽遂入持三年之喪畢弟立請曰
衞小國也不容二庖請願同庖終不聽衞君使人愬
于齊兄弟齊兄弟皆欲與君使人告女終不聽乃
作詩曰我心匪石不可轉也我心匪席不可卷也厄
窮而不憫勞辱而不苟然後能自致也言不失也然
後可以濟難矣詩曰威儀棣棣不可選也言其左右
無賢臣皆順其君之意也君子美其貞一故舉而列
之于詩也

頌曰

齊女嫁衞　厭至城門　公薨不反　遂入三年
後君欲同　女終不渾　作詩譏刺　卒守死君

字　殼刻無之　　一硯刻壹　下同　　擱見

蔡人之妻

蔡人之妻者宋人之女也既嫁于蔡而夫有惡疾其
母將改嫁之女曰夫之不幸乃妾之不幸也奈何去
之適人之道一與之醮終身不改不幸遇惡疾不改
其意且夫采苢之草雖其臭惡猶始于將采之
終于懷襦之浸以益親況于夫婦之道乎彼無大故
又不遣妾何以得去終不聽其母乃作采苢之詩君
子曰宋女之意甚貞而一也

頌曰

宋女專愨　持心不頗　夫有惡疾　意猶一精

母勸去歸　作詩不聽　詩人美之　以為順貞
卷四
七

黎莊夫人者衛侯之女黎莊公之夫人也既往而不
同欲所務者異未嘗得見甚不得意其傅母閔夫人
賢公反不納憐其失意又恐其已見遺而不以時去
謂夫人曰夫婦之道有義則合無義則去今不得意
胡不去乎乃作詩曰式微式微胡不歸夫人曰婦人
之道一而已矣彼雖不吾以吾何可以離于婦道乎
乃作詩曰微君之故胡為乎中露終執貞一不違婦
道以俟君命君子故序之以編詩

頌曰

〈四卷　八〉

黎莊夫人　執行不衰　莊公不偶　行節及乖
傅母勸去　作詩式微　夫人守一　終不肯歸

（欄外朱批）偶硯刻　遇及作反　一作壹
（欄外朱批）露硯刻路

齊孝孟姬

孟姬者華氏之長女齊孝公之夫人也好禮貞一過
時不嫁春中求之禮不備終不往躧男席語不及外
遠別避嫌春中莫能備禮求焉齊國稱其貞孝公聞
之乃脩禮親迎于華氏之室父母送孟姬不下堂母
醮房之中結其衿縭戒之曰必敬必戒無違宮事父
誠之東階之上曰必夙興夜寐無違命其有大妨于
王命者亦勿從也諸母誠之兩階之間曰敬之敬之
必終父母之命夙夜無怠爾之衿縭父母之言謂何
姑姊妹誠之門内曰夙夜無愆爾之衿鞶無忘父母

之言孝公親迎孟姬于其父母三顧而出親迎之綏
自御輪三曲顧姬輿遂納于宮三月廟見而後行夫
婦之道既居久之公遊于琅邪華孟姬從車奔姬墮
車碎孝公使駟馬立車載姬以歸姬使侍御者舒帷
以自障蔽而使傅母應使者曰妾聞妃后踰閾必乘
安車輜軿下堂則從傅母保阿進退則鳴玉環佩內
飾則結紐綢繆野處則帷裳擁蔽所以正心一意自
斂制也今立車無軿非邪敢受命也野處無衛非
敢久居也三者失禮多矣夫無禮而生不若早死使
者馳以告公更取安車比其反也則自經矣傅母救
之不絕傅母曰使者至輜軿已具姬氏蘇然後乘而
歸君子謂孟姬好禮禮婦人出必輜軿衣服綢繆既
嫁歸問女昆弟不問男昆弟而以遠別也詩曰彼君
子女綢直如髮此之謂也

頌曰

孟姬好禮　執節甚公　避嫌遠別　終不冶容
簦不並乘　非禮不從　君子嘉焉　自古寡同

息君夫人

夫人者息君之夫人也楚伐息破之虜其君使守門
將妻其夫人而納之于宮楚王出遊夫人遂出見息
君謂之曰人生要一死而已可奈自苦妾無須史而
忘君也終不以身更貳醮生離于地上豈如死歸于
地下我乃作詩曰穀則異室死則同穴有如不信死
如曒日息君止之夫人不聽遂自殺息君亦自殺同
日俱死楚王賢其夫人守節有暴乃以諸侯之禮合
而葬之君子謂夫人說于行善故序之于詩夫義動
君子利動小人息君夫人不為利動矣詩云德音莫

遂及尔同死此之謂也
頌曰
楚虜息君　納其適妃　夫人持固　彌久不衰
作詩同穴　思故忘新　遂死不顧　列于貞賢
卷四
十二

四卷

十四

伯嬴者秦穆公之女楚平王之夫人昭王之母也當
昭王時楚與吳為伯莒之戰吳勝楚入至郢昭王亡
吳王闔閭盡妻其後宮次至伯嬴伯嬴持刀曰妾聞
天子者天下之表也公侯者一國之儀也天子失制
則天下亂諸侯失節則其國危夫婦之道固人倫之
始王教之端是以明王之制使男女不親授受坐不
同席食不共器殊械枷異巾櫛所以遠之也若諸侯
外淫者絕卿大夫外淫者放士庶人外淫者宮割夫
然者以為仁失可復以兼義失可復以禮男女之失

亂亡興焉夫造亂亡之端公侯之所絕天子之所誅
也今君王棄儀表之行縱亂亡之欲犯誅絕之事何
以行令訓民且妾聞生而厚不若死而榮若使君王
棄其儀表則無以臨國妾有淫端則無以生世一舉
而兩厚妾以死守之不敢承命且凡所歆妾者為樂
也近妾而死何樂之有如先殺妾又何益于君王于
是吳王慙遂退舍伯嬴與其保阿閉永巷之門皆不
釋兵三旬秦救至昭王乃復矣君子謂伯嬴勇而精
一詩曰莫莫葛虆施于條枚豈弟君子求福不回此
之謂也

頌曰

闔閭勝楚　入處宮室　盡妻後宮　莫不戰慄
伯嬴自守　堅固專一　君子美之　以為有節

楚昭貞姜

貞姜者齊侯之女楚昭王之夫人也王出遊留夫人
漸臺之上而去王聞江水大至使使者迎夫人忘持
其符使者至請夫人出夫人曰王與宮人約令召宮
人必以符今使者不持符妾不敢從使者行使者曰
今水方大至還而取符則恐後矣夫人曰妾聞之貞
女之義不犯約勇者不畏死守一節而已妾知從使
者必生留必死然棄約越義而求生不若留而死耳
于是使者取符則水大至臺崩夫人流而死王曰嗟
夫守義死節不為苟生處約持信以成其貞乃號之

曰貞姜君子謂貞姜有婦節詩云淑人君子其儀不
忒此之謂也

頌曰

楚昭出遊　留姜漸臺
夫人守節　流死不疑
江水大至　無符不来
君子序焉　上配伯姬

楚白貞姬

貞姬者楚白公勝之妻也白公死其妻紡績不嫁吳
王聞其美且有行使大夫持金百鎰白璧一雙以聘
焉以輜軿三十乘迎之將以為夫人致幣辭之
曰白公生之時妾幸得充後宮執箕箒掌衣履拂枕
席託為妃匹白公不幸而死妾願守其墳墓以終天
年今王賜金璧之聘夫人之位非愚妾之所聞也且
夫弃義從欲者污也見利忘死者貪也夫貪污之人
王何以為哉妾聞之忠臣不借人以力貞女不假人
以色豈獨事生若此妾既不仁不能

〈四卷〉 十八

從死今又去而嫁不亦太甚乎遂辭聘而不行吳王
賢其守節有義號曰貞姬楚君子謂貞姬廉絜而誠
信夫任重而道遠仁以為已任不亦重乎死而後已
不亦遠乎詩云彼美孟姜德音不忘此之謂也

頌曰

白公之妻　守寡紡績　吳王美之　聘以金璧
妻操固行　雖死不易　君子大之　美其嘉績

衛宗二順

衛宗二順者衛宗室靈王之夫人而及其傳妾也秦
滅衛君乃封靈王世家使奉其祀靈王死夫人無子
而守寡傳妾有子傳妾事夫人八年不衰供養愈謹
夫人謂傳妾曰孺子養我甚謹子奉祀而妾事我；
不聊也且吾聞主君之母不妾事人今我無子于禮
斥絀之人也而得留以盡其節是我幸也今又煩孺
子不改故節我甚內慙吾願出居外以時相見我甚
便之傳妾泣而對曰夫人欶使靈民受三不祥耶不
幸早終是一不祥也夫人無子而婢妾有子是二不

頌曰

陶嬰少寡　紡績養子　或欲取焉　乃自修理
作歌自明　求者乃止　君子稱揚　以為女紀

陳寡孝婦

孝婦者陳之少寡婦也年十六而嫁未有子其夫當
行戍夫且行時囑孝媳曰我生死未可知幸有老母
無他兄弟備吾不還汝肯養吾母乎媳應曰諾夫果
死不還婦養姑不衰慈愛愈固紡績以為家業終無
嫁意居喪三年其父母哀其年少無子而早寡也將
取而嫁之孝婦曰妾聞之信者人之幹也義者行之
節也妾幸得離襁褓受嚴命而事夫夫且行時屬妾
以其老母既許諾之夫受人之託豈可棄我棄託不
信背死不義不可也母曰吾憐女少年早寡也孝婦

曰妾聞寧載于義而一死不載于地而生且夫養人者

母而不能卒許人以諾而不能信將何以立于世夫

為人婦固養其舅姑者也夫不韋先死不得盡為人

子之禮令又使妾去之莫養老母是明夫之不肖而

著妾之不孝不信且無義何以生我因欷自殺

其父母懼而不敢嫁也遂使養其姑二十八年姑死

葬之終奉祭祀淮陽太守以聞漢孝文皇帝高其義

貴其信美其行使二者賜之黃金四十斤復之終身

號曰孝婦君子謂孝婦備于婦道詩云匪直也人秉

心塞淵此之謂也

頌曰

孝婦處陳　夫死無子　母將嫁之　終不聽母

專心養姑　一醮不改　聖王嘉之　號曰孝婦